湛庐 CHEERS

与最聪明的人共同进化

HERE COMES EVERYBODY

Step By Step to Stand-up Comedy – Workbook Series

手把手教你玩
脱口秀实战系列

如何从零开始写段子

[美] 格雷格·迪安（Greg Dean）著
笑果研究所 译 呼兰 程璐 审校

Workbook 1: How to Write Jokes

浙江人民出版社
ZHEJIANG PEOPLE'S PUBLISHING HOUSE

献给我的一生挚爱，盖拉·约翰逊－迪安，

她每天都在激励我成为更好的自己。

你知道如何写有趣的段子吗?

扫码获取完整题目及答案，
一起了解段子的创作秘籍

- 如果你想写段子，最好从自己的生活出发，这是对的吗?

  A. 对

  B. 错

- 在一个笑话结构中，铺垫和笑点之前可以存在（　）个连接点。

  A. 0

  B. 1

  C. 2

  D. 3

- 关于笑话结构中“再解读”的叙述，以下哪项是错误的?

  A. 再解读是对基于笑点的故事 2 产生的想法

  B. 再解读揭示出与目标假设不同的意外解读

  C. 再解读的目的是打破目标假设，从而创造惊喜

  D. 再解读是用来创建故事 1 的关键因素

扫描左侧二维码查看本书更多测试题

推荐序

石老师和泥瓦匠

有一天，庄子带着学生去给一个穷朋友送葬，路过惠施的墓地，突然感伤起来，转身对周围的学生讲了一个故事。

从前，楚国的都城郢城有一位泥瓦匠，干活的时候鼻尖上溅了一滴石灰浆，远处看着像苍蝇翅膀似的。但是，这位老哥就是不愿意自己擦掉，而是不嫌麻烦地大老远找了一位名字叫作石的木匠来处理。石老师来了以后，泥瓦匠说谢谢您嘞，您把这个点儿给我削了呗。石老师表情平淡地接了这个活儿，然后手里抄起锛子，风一般地围着鼻尖转动，眼睛看都不看一下，全凭听。转眼间就收工了，白点儿消失无踪，鼻尖完好无损。

一场高手之间的风云际会就这么静悄悄地结束了。两人各自收工回家，云淡风轻，江湖上只留下传说。后来这事都过去很久了，还是传到了领导的耳朵里。领导多好奇啊，就让人把石老师请到办公室，在自己的鼻尖上点了一个白点儿，让石老师再削一次，可能他的重点是想把自己弄成传说的一部分吧。石老师依然那么面无表情，说："我以前能做，现在依然能做，但是郢城的泥瓦匠已经去世多年了，我为什么还要做呢？"

讲完这个故事，庄子转身面对惠施的坟墓，说："以前你活着的时候我跟你 battle，现在你不在了，我还能跟谁比啊？这个寂寞的世界！"

这个故事出自《庄子·杂篇·徐无鬼》。

这个故事可以从很多个角度来解读，高手之间的惺惺相惜啊，人世间的寂寥啊，等等。除此之外，石老师的伤感还来自无人能够欣赏自己精湛技艺的那份落寞。

硬转场，转到美式喜剧上来。

美式喜剧不是单口相声。对于观众来说，他们接受的应该是逻辑而不是故事，是遵循逻辑后由超出逻辑的合理而带来的笑点，而不是由故事结构的起承转合酝酿出来的包袱。所以，一个优秀的脱口秀演员，都会有自己强烈的风格，这源自他或她特有的逻辑内核。

因此，如果观众无法理解这种逻辑层面的规律，看到的就是几个人在耍贫嘴。

笑果的团队一直致力于把美式喜剧推广起来，他们有一批优秀的年轻脱口秀演员正在不断地成长。不过，他们也在担心，中国市场已经做好接受美式喜剧的准备了吗？美式喜剧中的逻辑线真的已经在中国观众中搭建起来了吗？于是，除了线下的演出，他们也在用力地把与之相关的规律性的东西拿出来与大家分享，于是就有了之前那本《手把手教你玩脱口秀》。这里穿插一个小故事：我经历过的他们最恐怖的脱口秀线下演出，现场只有三个观众，但后台却有一群演员和工作人员，所以，当时那三个人听得心惊胆战，演员也表演得如履薄冰。

这次的实战系列，其实是《手把手教你玩脱口秀》的细则版，用更多的接近于实操的内容把上一本书提到的大原则具象化。因此，这套练习册真的可以对照着来学习。你如法炮制，写出来的东西虽然不一定特别好，但终归会说出有趣的话来。

但，我不觉得这是重点。

重点应该是，让看到这些练习册的朋友，通过对脱口秀实操练习的了解，明白这类喜剧的逻辑到底是什么。换句话说，这是石老师正在给自己培养一个泥瓦匠。

因为石老师，寂寞。

哪个身怀绝技的人不想随风起舞？

让我们一起，帮助那些年轻优秀的脱口秀演员，舞动起来吧！

谢谢您。

张绍刚

2019 年 6 月

笑果研究所翻译组成员：

盖柴、余�櫎、颜怡、颜悦。

使用须知

欢迎来到格雷格·迪安“手把手教你玩脱口秀实战系列”的《如何从零开始写段子》。本练习册对应我已出版的《手把手教你玩脱口秀》的第 1 ~ 3 章，但它更具有练习册的特色，即运用笑话写作系统——笑话勘探器，来帮助各位学习和打磨笑话的结构。只要掌握了正确的方法，你依靠练习就可以写出笑话了。

本练习册教什么

本练习册分为 3 章：第 1 章阐述了笑话结构的机制。第 2 章利用笑话机制，教你如何为铺垫写出笑点。第 3 章教你如何选择话题，并运用更多的笑话机制写出笑话铺垫，然后为铺垫写笑点。通过运用笑话机制和笑话勘探器写作系统，你在使用本练习册的过程中就能创作出很多笑话。

一些实用的建议

为了更高效地完成全部练习，需要提前了解和做好以下几件事：

- **在练习页贴上标有页数的便利贴**

有时练习会与课程讲解部分隔开数页，所以你可以在练习页贴上便利贴，并注明页码。尽管在课程讲解页有提示，告诉你需要翻到第几页完成对应的练习，但便利贴能让你更快地翻到指定页。以下是需要贴上便利贴的练习页：

笑话图解练习

第 11 ~ 13 页

从铺垫写到笑点练习

第 27 ~ 29 页

探索其他通道练习

第 30 ~ 35 页

笑话勘探器练习

第 50 ~ 54 页

规划另一个方向练习

第 55 ~ 63 页

简化版笑话勘探器练习

第 66 页

- **用便利贴标示出术语回顾页**

在第 1 章，我们讨论并定义了几个与笑话机制有关的术语。为了完成练习，你需要熟悉这些术语。第 3 章也有一些术语会被用到笑话写作练习中。

因为术语的数量很多，所以在每一章对应的练习之前，我提供了一个术语回顾页。将这些页面用便利贴标示出来，也会对你有所帮助。

以下是每章的术语回顾页：

● **选定一个练习和创作笑话的场所**

格雷格·迪安教你变幽默的方法中，有一个要求是把批判性技能和创造性技能相分离，并在不同的场地和时间段完成。因此，你需要选一个用来练习和创作笑话的场所。这两种技能的区别会在《如何准备一场自然真实的表演》中体现，那时你需要选择另一个场所来排练和练习表演，消除表演中的自我批判成分。

完成以上几件事之后，你就已经为学习笑话机制和笑话勘探器写作系统做好了准备。接下来，你将要学习如何在任意时间写出关于任意话题的笑话。

目 录

WORKBOOK 1:
HOW TO
WRITE JOKES

01 笑话结构的秘密

什么是笑话？问得好。大多数人把笑话定义为“让人发笑的话或事”。这个定义虽然正确，但并没有真正告诉我们什么是笑话，而只是描述了笑话应有的效果。如果一个笑话有时候会让大家爆笑，有时候又会冷场，那么它还是一个笑话吗？

人们通常以是否引人发笑作为识别笑话的标准。为什么呢？因为人们会通过一些固有的、与生俱来的“结构”来做出判断。可惜的是，还没有人把这一结构清晰地表达出来，但这将马上成为历史。阐述笑话的结构正是本章的主要内容。

铺垫和笑点：预期和意外

让我们从很多人已经知道的内容开始讨论笑话吧。在传统意义上，笑话可分为两部分：铺垫和笑点。

请看一下 A. 惠特尼·布朗（A. Whitney Brown）的这个笑话：

我前两天去看望奶奶……这可能是最后一次了……噢，她倒不是因为病了还是怎么样，她只是让人无聊到爆啊。

一个笑话要达到好笑的目的，就必须让人感到意外。诀窍就是你先预期了别的内容，然后才会感受到意料之外。这就是笑话的妙处。它先让你预期一些事，然后再让你感到意外。所以，我将之定义为：

铺垫营造预期，笑点揭示意外。

为了更好地阐释笑话的结构，我设计了一种视觉辅助方式，并将之命名为笑话图解。下面，我把一个笑话放进图解中，以便让你清楚地识别铺垫和笑点：

铺垫:（伤心的语气）“我老婆和我最好的朋友跑了。”（预期）

故事 1：

目标假设:
连接点:
再解读:
故事 2：

笑点:“天啊，我好想这个哥们儿啊。”（意外）

该你了!

1. 选择两个你自己的“一句话笑话”，并在第 13 页的图解中写下它们的铺垫和笑点。

2. 翻到第 11 页和第 12 页，查看笑话图解练习中案例的铺垫和笑点。

3. 图解包含了其他一些还未讲到的笑话机制。随着课程的推进，你会多次使用这个图解并填上新的信息。

故事 1 和故事 2：铺垫和笑点的故事呈现

笑话的铺垫部分在我们的头脑中创建“故事 1”，让我们产生预期，然后笑点部分用合乎情理又在预期之外的“故事 2”来制造意外。例如，想象一个脱口秀男演员，正万分沮丧地讲下面这个笑话:

（伤心的语气）我老婆和我最好的朋友跑了。天啊，我好想这个哥们儿啊。

铺垫创建了故事 1：男人很伤心，因为妻子不再爱他，并和他最好的朋友在一起了。男人因为还爱着妻子而心烦意乱。我们期望故事会顺着这个思路往下走，所以当笑点呈现故事 2 时我们会感到意外：男人伤心是因为他想念朋友而不是老婆。

铺垫：（伤心的语气）“我老婆和我最好的朋友跑了。”

故事 1：	男人很伤心，因为妻子不再爱他，并和他最好的朋友在一起了。男人因为还爱着妻子而心烦意乱。
目标假设：	
连接点：	
再解读：	
故事 2：	男人伤心是因为他想念朋友而不是老婆。

笑点：“天啊，我好想这个哥们儿啊。”

该你了！

1. 翻到第 11 页和第 12 页，在笑话图解练习中写出所有案例的故事 1 和故事 2。

2. 翻到第 13 页，在笑话图解练习中分别写出你的两个笑话的故事 1 和故事 2。

目标假设和再解读：对同一件事情的两种解读

笑话结构有三大机制，我把前两大机制称为目标假设和再解读。目标假设是故事 1 的关键要素，再解读是故事 2 的主要部分。二者互相关联，各自代表了对同一件事情的不同解读。目标假设代表对一件事情的预期解读，而再解读则揭示了对这件事情的意外解读。

目标假设

观众在看到或听到笑话铺垫时会通过各种假设来创建故事 1，这些假设中的某一个会成为目标假设。目标假设与其他假设的区别在于它满足了两个独特的标准：

1. 目标假设是用来创建故事 1 的关键假设。

在用来创建故事的所有假设中，有一个关键假设赋予了故事 1 特定的意义。也就是说，如果你没有做出这个关键假设，就会创建出一个不同的故事，而不是一个让笑话变好笑所需要的故事。

2. 目标假设是直接被笑点打破的假设。

每个带铺垫的笑话都会让读者通过假设创建出故事 1，然后通过笑点揭示出故事 2，以此来打破一个关键假设而给观众带来意外。这个关键假设就是目标假设。

以同一个笑话为例：

（伤心的语气）我老婆和我最好的朋友跑了。天啊，我好想这个哥们儿啊。

铺垫：（伤心的语气）“我老婆和我最好的朋友跑了。”

故事 1：	男人很伤心，因为妻子不再爱他，并和他最好的朋友在一起了。男人因为还爱着妻子而心烦意乱。
目标假设：	男人想念老婆。
连接点：	
再解读：	
故事 2：	男人伤心是因为他想念朋友而不是老婆。

笑点：“天啊，我好想这个哥们儿啊。”

该你了!

1. 如果记不住笑话图解术语的定义，可以翻到第 10 页复习这些术语。

2. 翻到第 11 页和第 12 页，判断并写下所有笑话图解练习中案例的目标假设。

3. 翻到第 13 页，写下你的笑话的目标假设。

再解读

当观众通过假设创建故事 1 时，铺垫建立了预期；笑点打破了关键假设（目标假设）并呈现出故事 2。笑点通过对铺垫元素的意外解读做到了这一点。我们把这种意外解读称为再解读。再解读必须遵守下面两个标准：

1. 再解读是对基于笑点的故事 2 产生的想法。

就像目标假设创建了故事 1 一样，再解读创建了故事 2。

用同一个笑话举例：

（伤心的语气）我老婆和我最好的朋友跑了。天啊，我好想这个哥们儿啊。

这里的再解读是男人想念朋友，这是故事 2 的基础，男人伤心是因为朋友而不是老婆。这些信息通过笑点“好想这个哥们儿”传达了出来。

2. 再解读揭示出与目标假设不同的意外解读。

再解读的目的是打破目标假设，从而创造惊喜。只有当你的笑话打破人们的假设时，他们才会笑。现在，我们回到最初的预期和意外。只有你理解了目标假设和再解读的机制，笑话才可能产生效果。

下面的图解表明了再解读在笑话图解中的位置：

铺垫:(伤心的语气)“我老婆和我最好的朋友跑了。”

故事 1：	男人很伤心，因为妻子不再爱他，并和他最好的朋友在一起了。男人因为还爱着妻子而心烦意乱。
目标假设：	男人想念老婆。
连接点：	
再解读：	男人想念朋友。
故事 2：	男人伤心是因为他想念朋友而不是老婆。

笑点:“天啊，我好想这个哥们儿啊。”

该你了!

1. 复习第 10 页的术语。
2. 翻到第 11 页和第 12 页,判断并写下所有笑话图解练习中案例的再解读。
3. 翻到第 13 页，写下你的笑话的再解读。

连接点：至少有两种解读的事情

笑话的第三个机制是笑话结构的中心，称为连接点。它指的是一件至少有两种解读的事情。对连接点的第一种解读可以提供目标假设，而另一种解读则会提供再解读。

用同一个笑话举例：

（伤心的语气）我老婆和我最好的朋友跑了。天啊，我好想这个哥们儿啊。

连接点是“人物：老婆和朋友”。连接点的要求只有一个：

连接点只能有一个。

笑话的结构很简单，它会围绕一个核心主题来呈现。如果有多个连接点，就会出现多个笑话。想一想，两个连接点带来两个目标假设和两个再解读，因此需要两个铺垫和两个笑点，最后就会形成两个笑话。记住，一个笑话只需要一个连接点。

下面的图解表明了连接点在笑话图解中的位置：

铺垫：（伤心的语气）“我老婆和我最好的朋友跑了。”

故事 1：	男人很伤心，因为妻子不再爱他，并和他最好的朋友在一起了。男人因为还爱着妻子而心烦意乱。
目标假设：	男人想念老婆。
连接点：	人物：老婆和朋友。
再解读：	男人想念朋友。
故事 2：	男人伤心是因为他想念朋友而不是老婆。

笑点：“天啊，我好想这个哥们儿啊。”

该你了！

1. 复习第 10 页的术语。

2. 翻到第 11 页和第 12 页，判断并写下所有笑话图解练习中案例的连接点。

3. 翻到第 13 页，写下你的笑话的连接点。

笑话图解术语回顾

复习以下将被用于笑话宝藏的定义。

铺垫（setup）：喜剧演员为了营造预期所做的事或所说的话。

故事 1（1st story）：观众根据笑话的铺垫在脑海中想象出来的情形。

假设（assumptions）：基于铺垫的故事 1 中所有被观众接受为事实的细节。

目标假设（target assumption）：基于铺垫的意在误导观众的对于连接点的预期解读；与笑点的再解读不同的错误预期。

连接点（connector）：位于一个笑话的中间，至少有两种解读的点。

再解读（reinterpretation）：笑点揭示出来的关于连接点的意料之外的解读。

故事 2（2nd story）：观众根据笑话的笑点在脑海中想象出来的情形。

笑点（punch）：喜剧演员为了揭示意外所做的事或所说的话。

笑话图解练习

铺垫：“我敷了一个泥浆面膜，这三天来我的脸看起来好多了。”

故事 1：

目标假设：

连接点：

再解读：

故事 2：

笑点：“然后泥浆脱落了。”

铺垫：（女脱口秀演员）“我决定使用约会软件，于是刚刚出门买了女性安全用品。”

故事 1：

目标假设：

连接点：

再解读：

故事 2：

笑点：“我选的是 45 口径自动手枪。”

（答案见第 67 页）

铺垫:“我在公园散步时见识了哮喘的威力。”

故事 1：

目标假设:

连接点:

再解读:

故事 2：

笑点:“四个哮喘病人把我打趴下了。”

铺垫:“我老婆非常会持家。”

故事 1：

目标假设:

连接点:

再解读:

故事 2：

笑点:“我们离婚后，家就归她了。”

（答案见第 68 页）

铺垫：

故事 1：

目标假设：

连接点：

再解读：

故事 2：

笑点：

铺垫：

故事 1：

目标假设：

连接点：

再解读：

故事 2：

笑点：

WORKBOOK 1: HOW TO WRITE JOKES

02

笑话宝藏：探索写笑话的秘密通道

挖掘笑话宝藏，就是通过一个从铺垫到笑点的秘密通道来学习写笑话的过程。大多数人不知道这个通道，而即便知道这个通道，蜿蜒曲折的道路也可能把人带到意想不到的地方。你可能会好奇地问："我该如何探索这条秘密通道呢？"提问是探索笑话通道的最好方式，它能让你更有目的地探索。刚开始写笑话的时候，人们往往只会一遍遍地复述脑子里的东西，困在其中，如"这个事情有什么有趣的地方"或者"笑点在哪里"，这样的问题会问到你无路可走。

从铺垫写到笑点

要获得笑话的原始素材，你需要按顺序完成下面的步骤，而完成的方式就是提问。在这个过程中，任何一步都可以提至少一个问题。很多脱口秀演员没有意识到其实他们一直在有意或无意地问自己问题，要不然他们怎么可能持续不断地有灵感来写出新的笑话呢？所以，我希望你能有意识地开始提问。当学会这么做的时候，你就可能挖到很多宝藏，让自己和观众都大吃一惊。挖掘笑话宝藏的几个步骤如下：

步骤一：选择一个铺垫，列出各种假设

"对于这个陈述，我有什么样的假设？"

步骤二：选择一个目标假设，找出连接点

"什么使我产生了这个目标假设？"

步骤三：列出几个对连接点的再解读

"除了目标假设以外，还有什么针对这个连接点的再解读？"

步骤四：选择一个再解读，完成故事 2

"关于这个铺垫，有什么具体的情境可以解释我的再解读？"

步骤五：写一个可以解释这个故事 2 的笑点

"在铺垫之余，还需要什么信息来讲清楚我的故事 2？"

我们将按照挖掘笑话宝藏的步骤,来逐个练习提出每一步所要求的问题。

步骤一：选择一个铺垫，列出各种假设

“对于这个陈述，我有什么样的假设？”

我会提出铺垫，然后你来问上面的问题。当然你也可以提出其他问题，只要它们能够帮助你找到观众会想到的各种假设。不要试着让它变得好笑，只要练习这个过程就好。因为如果你现在就想要机灵，那就太超前了，提前写出再解读，这会使系统变得混乱。你要列出来的只是我们想要观众做出的各种被误导的假设，仅此而已。

我们继续用“老婆跑了”的笑话来帮助你加深理解。问出步骤一的问题，然后开始挖掘。

铺垫:(伤心的语气)“我老婆和我最好的朋友跑了。”

各种假设：我想念我老婆，老婆背叛了我，老婆和我朋友私奔了，我很难过，我感受到了背叛，这是近期发生的事。

该你了!

1. 如果你需要复习笑话宝藏的术语定义，请翻至第 26 页。

2. 翻到第 27 ~ 29 页的从铺垫写到笑点练习，在横线上写下每个所给铺垫的假设。

步骤二：选择一个目标假设，找出连接点

“什么使我产生了这个目标假设？”

在通常情况下，最容易想到的假设最适合充当目标假设，因为那是你在陈述铺垫时每个人都容易想到的假设。一旦你确定了目标假设，就需要找出让你做出这个目标假设的点，即连接点。这是这个系统中最重要也是最困难的一点。找出这个连接点以后，所有的后续步骤都是这一步的延伸。铺垫里的某一个点使你定下了目标假设，这个点就是连接点。

作为参考，让我们来回顾一下步骤一：

选择一个铺垫，列出各种假设

“对于这个陈述，我有什么样的假设？”

铺垫：（伤心的语气）“我老婆和我最好的朋友跑了。”

各种假设：我想念我老婆，老婆背叛了我，老婆和我朋友私奔了，我很难过，我感受到了背叛，这是近期发生的事。

下面是步骤二的示例：

目标假设：（各种假设之一）我想念老婆。

连接点：（源自铺垫）人物：老婆和朋友。

该你了！

1. 复习第 26 页的笑话宝藏术语。

2. 翻到第 27 页的步骤一，选择一个假设。将其作为目标假设，写入步骤二。

3. 找到铺垫中的连接点并写下它，也就是那个启发你选择目标假设的点。

4. 在第 28 页和第 29 页重复该练习。

步骤三：列出几个对连接点的再解读

“除了目标假设以外，还有什么针对这个连接点的再解读？”

我们现在寻找的是对于连接点“人物：老婆和朋友”的其他解读。这里的关键是你的想象力。每件事都可以有很多种含义。比如，让人伤心的事除了妻子的离开还有什么？

作为参考，让我们来回顾一下步骤二：

选择一个目标假设，找出连接点

“什么使我产生了这个目标假设？”

目标假设：（各种假设之一）我想念老婆。

连接点：（源自铺垫）人物：老婆和朋友。

列出一些与连接点有关的其他解读，也就是除了目标假设“我想念老婆”以外，“我”还因为什么而难过。

下面是步骤三的示例：

再解读：（与目标假设不同）我想念孩子，我想念朋友，朋友是女人，朋友是假想朋友，老婆是游戏角色，等等。

该你了！

1. 复习第 26 页的笑话宝藏术语。

2. 翻到第 27 ~ 29 页，依照步骤三为每一个笑话的连接点列出一些再解读。

步骤四：选择一个再解读，完成故事 2

“关于这个铺垫，有什么具体的情境可以解释我的再解读？”

在这一步，你选择了上面众多再解读中的一个，随后它变成了你笑话里的再解读。如果你只有一个再解读，那就用这一个，或者回到上一步创作更多的再解读。通常这个再解读本身并不是一个笑点，但它是故事 2 的中心概念。注意，这个再解读的意思要来源于铺垫“我老婆和我最好的朋友跑了”。确认这一点非常重要，因为对于笑点来说，不是所有的再解读都是合情合理的。

或许你一旦选定了再解读，脑海中就立刻有了故事 2 的轮廓，所以接下来你必须找到合适的情境。为了创建一个故事 2，你需要从各种情境中找出最能够解释或验证这个再解读的情境来。

为了方便你跟上进度，让我们来回顾一下步骤三：

列出几个对连接点的再解读

“除了目标假设以外，还有什么针对这个连接点的再解读？”

再解读：（与目标假设不同）我想念孩子，我想念朋友，朋友是女人，朋友是假想朋友，老婆是游戏角色，等等。

下面是步骤四的示例：

再解读：我想念朋友。

故事 2：我伤心不是因为老婆离开和背叛了我，而是我的朋友离我而去。

该你了！

1. 复习第 26 页的笑话宝藏术语。

2. 翻到第 27 页，从步骤三中选出一个再解读。在步骤四相应的位置上写下所选的再解读。

3. 创作一个符合所选再解读的故事 2，并写在相应的位置上。

4. 在第 28 页和第 29 页重复该练习。

步骤五：写一个可以解释这个故事 2 的笑点

“在铺垫之余，还需要什么信息来讲清楚我的故事 2？”

让故事 2 构成一个笑点有很多种方法。除了确定笑点所表达的内容之外，你还需要探索故事 2 被叙述或表演出来的方式。因为故事 2 会使你心里产生详尽复杂的场景，而为了写出笑点，你必须将场景浓缩成非常简洁的语言。

作为参考，让我们来回顾一下步骤四：

选择一个再解读，完成故事 2

“关于这个铺垫，有什么具体的情境可以解释我的再解读？”

再解读：我想念朋友。

故事 2：我伤心不是因为老婆离开和背叛了我，而是我的朋友离我而去。

下面是步骤五的示例：

铺垫：（伤心的语气）“我老婆和我最好的朋友跑了。”

笑点：“天啊，我好想这个哥们儿啊。”

该你了！

1. 复习第 26 页的笑话宝藏术语。
2. 翻到第 27 页的步骤四，回顾你写的故事 2。
3. 将故事 2 浓缩成一句简洁的笑点，并写在步骤五相应的位置上。
4. 在第 28 页和第 29 页重复该练习。

探索其他通道

当你陷入瓶颈或不喜欢自己创作的笑话时，别担心，你还有很多选择。

回到步骤四：选择一个不同的再解读

为了节省空间，我将之前步骤的相关信息陈列如下：

铺垫：（伤心的语气）“我老婆和我最好的朋友跑了。”

目标假设：（各种假设之一）我想念老婆。

连接点：（源自铺垫）人物：老婆和朋友。

你需要在步骤三选一个新的再解读：

列出几个对连接点的再解读

“除了目标假设以外，还有什么针对这个连接点的再解读？”

再解读：（与目标假设不同）我想念孩子、我想念朋友、朋友是假想朋友、朋友是女人、老婆是游戏角色，等等。

下面是步骤四的示例：

选择一个再解读，完成故事 2

“关于这个铺垫，有什么具体的情境可以解释我的再解读？”

再解读：朋友是假想朋友。

故事 2：我一直有一个假想的最好的朋友，但我的为人非常糟糕，以至于他宁愿和我老婆一起抛弃我，也不愿意继续住在我的脑海里了。

下面是步骤五的示例：

写一个可以解释这个故事 2 的笑点

“在铺垫之余，还需要什么信息来讲清楚我的故事 2？”

铺垫：（伤心的语气）“我老婆和我最好的朋友跑了。”

笑点：“他永远地离开了我的大脑。”

该你了！

1. 复习第 26 页的术语。

2. 翻到第 27 页，从步骤三中选择另一个再解读。

3. 在第 30 页的步骤四中写下新的再解读，随后完成剩余的步骤，写出一个不同的笑点。

4. 在第 31 页和第 32 页重复此练习。

回到步骤二：选择一个不同的目标假设

为了节省空间，我们来回顾一下之前步骤的相关信息：

铺垫：（伤心的语气）“我的老婆和我最好的朋友跑了。”

各种假设：男人很爱老婆、老婆背叛了男人、老婆和朋友私奔了、我很难过、男人感受到双重背叛、这是近期发生的事。

以下是回到步骤二的示例：

选择一个目标假设，找出连接点

“什么使我产生了这个目标假设？”

目标假设：（各种假设之一）我很难过。

连接点：（源自铺垫）我对老婆离开的情绪反应。

在这个例子中，连接点是表演者的情绪。观众必须看到这个演员的表情是伤心的，随之会做出预判——演员伤心是因为妻子离开了他。于是，再解读就可以变成这个演员做出的任何一个意料之外的情绪反应。

以下是步骤三的示例：

列出几个对连接点的再解读

“除了目标假设以外，还有什么针对这个连接点的再解读？”

再解读：（不是目标假设）他如释重负、开心、困惑等。

以下是步骤四的示例：

选择一个再解读，完成故事 2

“关于这个铺垫，有什么具体的情境可以解释我的再解读？”

再解读：他如释重负。

故事 2：他已经不爱妻子了，而且私底下知道自己最好的朋友一直心系妻子。他一直在等他们俩私奔，这样他就无须感到内疚了，私奔的事实反而让他如释重负。

以下是步骤五的示例：

写一个可以解释这个故事 2 的笑点

“在铺垫之余，还需要什么信息来讲清楚我的故事 2？”

把故事 2 浓缩为一个简短的笑点。

铺垫：（伤心的语气）“我老婆和我最好的朋友跑了。”

笑点：（如释重负的表情）“唉，终于跑了！”

该你了！

1. 复习第 26 页的术语。

2. 翻到第 27 页，在步骤一中选择另一个目标假设。

3. 在第 33 页的步骤二中写下新的目标假设，随后完成剩余的步骤，写出一个不同的笑点。

4. 在第 34 页和第 35 页重复此练习。

笑话宝藏术语回顾

铺垫：喜剧演员为了营造预期所做的事或所说的话。

故事 1：观众根据笑话的铺垫在脑海中想象出来的情形。

假设：基于铺垫的故事 1 中所有被观众接受为事实的细节。

目标假设：基于铺垫的意在误导观众的对于连接点的预期解读；与笑点的再解读不同的错误预期。

连接点：位于一个笑话的中间，至少有两种解读的点。

再解读：笑点揭示出来的关于连接点的意料之外的解读。

故事 2：观众根据笑话的笑点在脑海中想象出来的情形。

笑点：喜剧演员为了揭示意外所做的事或所说的话。

从铺垫写到笑点练习

笑话 1

步骤一：选择一个铺垫，列出各种假设

“对于这个陈述，我有什么样的假设？”

铺垫：我开车经过了一个高档小区。

各种假设：

步骤二：选择一个目标假设，找出连接点

“什么使我产生了这个目标假设？”

目标假设：

连接点：

步骤三：列出几个对连接点的再解读

“除了目标假设以外，还有什么针对这个连接点的再解读？”

再解读：

步骤四：选择一个再解读，完成故事 2

“关于这个铺垫，有什么具体的情境可以解释我的再解读？”

铺垫：我开车经过了一个高档小区。

再解读：

故事 2：

步骤五：写一个可以解释这个故事 2 的笑点

“在铺垫之余，还需要什么信息来讲清楚我的故事 2？”

铺垫：我开车经过了一个高档小区。

笑点：

笑话 2

步骤一：选择一个铺垫，列出各种假设

“对于这个陈述，我有什么样的假设？”

铺垫：我在医院被困了一个星期。

各种假设：

步骤二：选择一个目标假设，找出连接点

“什么使我产生了这个目标假设？”

目标假设：

连接点：

步骤三：列出几个对连接点的再解读

“除了目标假设以外，还有什么针对这个连接点的再解读？”

再解读：

步骤四：选择一个再解读，完成故事 2

“关于这个铺垫，有什么具体的情境可以解释我的再解读？”

铺垫：我在医院被困了一个星期。

再解读：

故事 2：

步骤五：写一个可以解释这个故事 2 的笑点

“在铺垫之余，还需要什么信息来讲清楚我的故事 2？”

铺垫：我在医院被困了一个星期。

笑点：

笑话3

步骤一：选择一个铺垫，列出各种假设

“对于这个陈述，我有什么样的假设？”

铺垫：父亲节这天，我把我父亲带出去了。

各种假设：

步骤二：选择一个目标假设，找出连接点

“什么使我产生了这个目标假设？”

目标假设：

连接点：

步骤三：列出几个对连接点的再解读

“除了目标假设以外，还有什么针对这个连接点的再解读？”

再解读：

步骤四：选择一个再解读，完成故事2

“关于这个铺垫，有什么具体的情境可以解释我的再解读？”

铺垫：父亲节这天，我把我父亲带出去了。

再解读：

故事2：

步骤五：写一个可以解释这个故事2的笑点

“在铺垫之余，还需要什么信息来讲清楚我的故事2？”

铺垫：父亲节这天，我把我父亲带出去了。

笑点：

回到第22页，继续学习“回到步骤四：选择一个不同的再解读”的内容。

探索其他通道练习

回到步骤四：笑话 1

步骤一：选择一个铺垫，列出各种假设

“对于这个陈述，我有什么样的假设？”

铺垫：我开车经过了一个高档小区。

各种假设：

步骤二：选择一个目标假设，找出连接点

“什么使我产生了这个目标假设？”

目标假设：

连接点：

步骤三：列出几个对连接点的再解读

“除了目标假设以外，还有什么针对这个连接点的再解读？”

再解读：参阅第 24 页。

步骤四：选择一个再解读，完成故事 2

“关于这个铺垫，有什么具体的情境可以解释我的再解读？”

铺垫：我开车经过了一个高档小区。

再解读：

故事 2：

步骤五：写一个可以解释这个故事 2 的笑点

“在铺垫之余，还需要什么信息来讲清楚我的故事 2？”

铺垫：我开车经过了一个高档小区。

笑点：

回到步骤四：笑话 2

步骤一：选择一个铺垫，列出各种假设

“对于这个陈述，我有什么样的假设？”

铺垫：我在医院被困了一个星期。

各种假设：

步骤二：选择一个目标假设，找出连接点

“什么使我产生了这个目标假设？”

目标假设：

连接点：

步骤三：列出几个对连接点的再解读

“除了目标假设以外，还有什么针对这个连接点的再解读？”

再解读：参阅第 28 页。

步骤四：选择一个再解读，完成故事 2

“关于这个铺垫，有什么具体的情境可以解释我的再解读？”

铺垫：我在医院被困了一个星期。

再解读：

故事 2：

步骤五：写一个可以解释这个故事 2 的笑点

“在铺垫之余，还需要什么信息来讲清楚我的故事 2？”

铺垫：我在医院被困了一个星期。

笑点：

回到步骤四：笑话 3

步骤一：选择一个铺垫，列出各种假设

“对于这个陈述，我有什么样的假设？”

铺垫：父亲节这天，我把我父亲带出去了。

各种假设：

步骤二：选择一个目标假设，找出连接点

“什么使我产生了这个目标假设？”

目标假设：

连接点：

步骤三：列出几个对连接点的再解读

“除了目标假设以外，还有什么针对这个连接点的再解读？”

再解读：参阅第 29 页。

步骤四：选择一个再解读，完成故事 2

“关于这个铺垫，有什么具体的情境可以解释我的再解读？”

铺垫：父亲节这天，我把我父亲带出去了。

再解读：

故事 2：

步骤五：写一个可以解释这个故事 2 的笑点

“在铺垫之余，还需要什么信息来讲清楚我的故事 2？”

铺垫：父亲节这天，我把我父亲带出去了。

笑点：

回到第 23 页，继续学习“回到步骤二：选择一个不同的目标假设”的内容。

回到步骤二：笑话 1

步骤一：选择一个铺垫，列出各种假设

“对于这个陈述，我有什么样的假设？”

铺垫：我开车经过了一个高档小区。

各种假设：参阅第 27 页。

步骤二：选择一个目标假设，找出连接点

“什么使我产生了这个目标假设？”

目标假设：

连接点：

步骤三：列出几个对连接点的再解读

“除了目标假设以外，还有什么针对这个连接点的再解读？”

再解读：

步骤四：选择一个再解读，完成故事 2

“关于这个铺垫，有什么具体的情境可以解释我的再解读？”

铺垫：我开车经过了一个高档小区。

再解读：

故事 2：

步骤五：写一个可以解释这个故事 2 的笑点

“在铺垫之余，还需要什么信息来讲清楚我的故事 2？”

铺垫：我开车经过了一个高档小区。

笑点：

回到步骤二：笑话 2

步骤一：选择一个铺垫，列出各种假设

“对于这个陈述，我有什么样的假设？”

铺垫：我在医院被困了一个星期。

各种假设：参阅第 28 页。

步骤二：选择一个目标假设，找出连接点

“什么使我产生了这个目标假设？”

目标假设：

连接点：

步骤三：列出几个对连接点的再解读

“除了目标假设以外，还有什么针对这个连接点的再解读？”

再解读：

步骤四：选择一个再解读，完成故事 2

“关于这个铺垫，有什么具体的情境可以解释我的再解读？”

铺垫：我在医院被困了一个星期。

再解读：

故事 2：

步骤五：写一个可以解释这个故事 2 的笑点

“在铺垫之余，还需要什么信息来讲清楚我的故事 2？”

铺垫：我在医院被困了一个星期。

笑点：

回到步骤二：笑话 3

步骤一：选择一个铺垫，列出各种假设

“对于这个陈述，我有什么样的假设？”

铺垫：父亲节这天，我把我父亲带出去了。

各种假设：参阅第 29 页。

步骤二：选择一个目标假设，找出连接点

“什么使我产生了这个目标假设？”

目标假设：

连接点：

步骤三：列出几个对连接点的再解读

“除了目标假设以外，还有什么针对这个连接点的再解读？”

再解读：

步骤四：选择一个再解读，完成故事 2

“关于这个铺垫，有什么具体的情境可以解释我的再解读？”

铺垫：父亲节这天，我把我父亲带出去了。

再解读：

故事 2：

步骤五：写一个可以解释这个故事 2 的笑点

“在铺垫之余，还需要什么信息来讲清楚我的故事 2？”

铺垫：父亲节这天，我把我父亲带出去了。

笑点：

WORKBOOK 1:
HOW TO
WRITE JOKES

03

笑话地图：写什么题材的笑话

每一个职业喜剧演员都曾经被人问过“你从哪里得到的创作灵感”这个问题。答案当然是“从我的生活里”。我之所以这样说，是因为我对“你的生活”一无所知。

有一句关于写作的老话叫作“写你所知”，确实如此。仔细想想，除了你所知道的，你还能写些什么呢？作为艺术家，你拥有一件其他人都没有的宝贝，那就是你自己的观点。因此，我强烈建议你根据自己的生活来创作，写那些通过观察得来的东西、你感兴趣的东西，以及自己的观点和感觉。

跟你说一个真相：观众是否同意你的观点并不重要。很多艺术家，从“毕加索”[①]到安德鲁·“骰子”·克莱[②]（Andrew “Dice” Clay），都曾经对自己的同胞出言不逊，但他们说的都是自己想说的话。很多人对他们的话反响强烈，尽管“毕加索”从未上过莱特曼秀。[③]

在我看来，灵感是创作笑话的最好来源。这种来自直观感受的题材发自内心、坦诚自然，据此创作的笑话通常也是结构清晰的。但如果你想拥有随时为自己选定的主题创作笑话的能力，就需要掌握方法。你肯定猜到了，我刚好有这样的方法。

在笑话勘探器这个创作体系里，你已经会用笑话宝藏来为铺垫找到笑点了。现在我要解释一下什么是“笑话地图”，这个方法能帮你在生活中探寻原始材料，为你的笑话找到铺垫。然后，我们会重新使用笑话宝藏为这些铺垫找到笑点。如果你是一个从零开始的初学者，当意识到自己可以根据任何题材创作笑话时，肯定会感觉欣喜若狂。笑话地图能帮助你把事情从抽象变为具体，这点非常重要，因为笑话都蕴藏在细节里。

---

① 指理查特·普赖尔（Richard Pryor，1940—2005），美国最伟大的脱口秀演员之一，被杰瑞·宋飞（Jerry Seinfeld）誉为“业界毕加索”。

② 美国脱口秀演员、电影演员，在20世纪八九十年代最为活跃。1990年，他在麦迪逊广场花园的演出门票连续两晚售罄，成为第一个达到此成就的脱口秀演员。

③ 指《大卫·莱特曼深夜秀》（*Late Show with David Letterman*），美国著名电视节目。上该节目被很多喜剧演员看作职业成就之一。

以下是笑话地图的几个步骤：

步骤 A：列出一些话题

“有什么事情是我认为不对但又很有兴趣谈论的呢？”

步骤 B：挑一个话题，列出话题关联清单

“有什么事情与我的话题相关呢？”

步骤 C：创作一些笑点前提

“关于这些缩窄了范围的话题，我能为它们加上什么样的负面观点？”

步骤 D：为每个笑点前提创作一个铺垫前提

“我选定的这个笑点前提，它的对立观点是什么？”

步骤 E：选择一个铺垫前提，并写出一系列铺垫

“有什么例子或者说法能表达我的铺垫前提？”

从话题选择到写出铺垫

笑话地图的基本功能，就是把你的想法从抽象缩窄为具体的细节。具体的实现方式是帮你从选定的话题里想出一个笑点前提，然后再想出一个相应的铺垫前提，最后创作出多个铺垫。

话题：单个的主题，但里面包含“错误”的元素

话题要简洁，任何笑话或者脱口秀段落都只基于一个想法。这些话题潜藏于看似最不可能的地方——痛苦的事情中。每个笑话里都包含痛苦的元素，而那些我们认为“错误”的事情都会给我们带来一定的痛苦，其轻重程度可能从轻度到剧烈不等。以下是步骤 A 的一个示例：

步骤 A：列出一些话题

“有什么事情是我认为不对但又很有兴趣谈论的呢？”

汽车、宠物、垃圾食品、脏话、口臭、糖、昆虫、说大话的人、噪音、堵车等。

该你了！

1. 如果需要复习笑话宝藏和笑话地图的术语，请翻到第 49 页。
2. 翻到第 50 页的笑话勘探器练习，在步骤 A 中列出至少 5 个话题。

关联清单：缩窄的范围

当你选定了一个话题，笑话地图会要求你列出一份关联清单，把你能想到的与这个话题相关的所有事情都列举出来。列出来的事情要写得尽可能简洁，避免冗长的描述，同时一定要与话题密切相关。例如，我可以列举跟“门”相关的事情，但“门”可能跟任何事情都搭得上界，所以要选择那些能够准确界定话题的事情。

以下是步骤 B 的示例：

步骤 B：挑一个话题，列出话题关联清单

“有什么事情与我的话题相关呢？”

话题：汽车。

关联清单：修车工、交警、汽油、司机、乱穿马路的人、刹车、颜色、车里的狗、罚单、保险、车管所。

这个关联清单可以更长一些，那样当然就更好了。如果在某个话题上你想不出那么多的关联词，那就换一个话题，因为你需要足够多的关联词才能创作出一个脱口秀段落。

该你了！

1. 翻到第 49 页，复习笑话地图的术语。

2. 在第 50 页的步骤 A 中选择一个话题。将这个话题写在步骤 B 对应的位置上。

3. 围绕这个话题写出一个至少包含 20 个事物的关联清单。

笑点前提：为缩窄后的范围加上负面的观点

现在，你需要把话题缩窄为一个更具体的概念，我把它称为笑点前提。它之所以叫笑点前提，是因为你的笑点往往是在表述这个概念。笑点前提的定义就是，为缩窄了范围的话题加上的负面观点。“负面观点”指的是负面的想法、判断、态度、感觉、情绪反应、违背你正面信仰和价值观的东西等。因为我们基于一些“错误”的事情出发，所以这里面肯定会有一些负面的观点。通过缩窄话题的范围，你便可以找出所有与话题直接相关的细节。至此，关联清单的好处就显而易见了：对于这些缩窄后的范围来说，它已经包罗万象了。

请特别注意创作笑点前提的原则。记得要给一个已经缩窄了范围的话题加上负面观点，而且不能包含具体例子。如果你的笑点前提没有构建好，接下来的其他步骤就会走入歧途。花点时间确保它是从缩窄后的范围出发的，也就是笑点前提的主体；而添加的负面观点，就是你基于该主体的看法。

以下是步骤 C 的示例：

步骤 C：创作一些笑点前提

“关于这些缩窄了范围的话题，我能为它们加上什么样的负面观点？”

1. 汽修工都是骗子。

2. 交警很难对付。

3. 司机都很蠢。

该你了！

1. 翻到第 49 页，复习笑话地图的术语。
2. 在第 50 页的步骤 C 中，根据关联清单写出 5 个笑点前提。

铺垫前提：与笑点前提相对立的观点

铺垫前提与笑点前提是关于同一个主体的，但前者把后者负面的观点转变成了正面的观点。每一个铺垫前提的正面观点必须尽可能与其对应的笑点前提的负面观点相对立或矛盾。

作为参考，让我们来回顾一下步骤 C：

步骤 C：创作一些笑点前提

“关于这些缩窄了范围的话题，我能为它们加上什么样的负面观点？”

1. 汽修工都是骗子。

2. 交警很难对付。

3. 司机都很蠢。

以下是步骤 D 的示例：

步骤 D：为每个笑点前提创作一个铺垫前提

“我选定的这个笑点前提，它的对立观点是什么？”

1. 汽修工很诚实。

2. 交警都很宽容。

3. 司机都很聪明。

该你了！

1. 翻到第 49 页，复习笑话地图的术语。

2. 在第 51 页的步骤 D 处，为步骤 C 的每一个笑点前提写出相对应的铺垫前提。

创作铺垫：铺垫前提的具体例子

铺垫就是根据所选择的铺垫前提，用短句形式写出的例子。铺垫的作用是误导观众去接受一个错误的目标假设。由于铺垫前提的正面观点不是你的真正观点，所以这里的挑战在于把一个实际是负面的情境转化为一个看似正面的情境，或者以你期望达到的情境为例子来创作铺垫。

作为参考，让我们来回顾一下步骤 D：

步骤 D：为每个笑点前提创作一个铺垫前提

“我选定的这个笑点前提，它的对立观点是什么？”

1. 汽修工很诚实。

2. 交警都很宽容。

3. 司机都很聪明。

以下是步骤 E 的示例：

步骤 E：选择一个铺垫前提，并写出一系列铺垫

“有什么例子或者说法能表达我的铺垫前提？”

铺垫前提：汽修工很诚实。

铺垫：（铺垫前提的例子，简短表述）

“他总是给我优惠。”

“他会老老实实地给我换新部件。”

“当出了问题时他会打电话通知我。”

“他会按时把我的车修好。”

该你了！

1. 翻到第 49 页，复习笑话地图的术语。

2. 在第 51 页的步骤 D 中选择一个铺垫前提。

3. 跳到步骤 E，并在对应位置上写下这个铺垫前提，根据该铺垫前提写出至少 5 个铺垫。

继续练习！

1. 从步骤 E 中选择 3 个你写的铺垫。

2. 将这 3 个铺垫分别写在第 52 ~ 54 页的笑话宝藏练习的步骤一中。完成每一页的剩余步骤，为每一个铺垫写出笑点。

规划另一个方向

笑话勘探器系统可以提供很多种选择。之前我们已经讨论过笑话宝藏的其他选择了，这里就只探索笑话地图的其他选择。

回到步骤 E：选择另一个铺垫前提

要想写出一整段的笑话，一个有效的方法就是选择另一个铺垫前提，然后写出更多铺垫，再带着这些铺垫重新进入笑话宝藏挖掘笑点。

下面是一个示例：

步骤 D：为每个笑点前提创作一个铺垫前提

“我选定的这个笑点前提，它的对立观点是什么？”

1. 汽修工很诚实。

2. 交警都很宽容。

3. 司机都很聪明。

步骤 E：选择一个铺垫前提，并写出一系列铺垫

“有什么例子或者说法能表达我的铺垫前提？”

铺垫前提：交警都很宽容。

铺垫：（铺垫前提的例子，简短表述）

“他们一般会放你一马。”

“他们会收回罚单。”

“他们不介意多给你一些超出停车规定的时间。”

“他们会微笑。”

该你了！

1. 翻到第 49 页，复习笑话地图的术语。

2. 在第 51 页的步骤 D 中选择一个铺垫前提。

3. 跳到第 55 页的步骤 E，在对应位置上写下这个新的铺垫前提，然后根据它写至少 5 个铺垫。

4. 从步骤 E 中选择 3 个铺垫。将其分别写在第 56 ~ 58 页的笑话宝藏练习的步骤一中。完成每一页的剩余步骤，为 3 个铺垫都写出笑点。

回到步骤 B：选择另一个话题

如果你已经把某个话题完完全全地挖掘干净了，就去笑话地图的最开始

选择另一个话题。笑话勘探器系统的优点就是，你可以穷尽所有的可能性，什么都可以写。

下面是之前的步骤 A 的示例：

步骤 A：列出一些话题

“有什么事情是我认为不对但又很有兴趣谈论的呢？”

汽车、宠物、垃圾食品、脏话、口臭、糖、昆虫、说大话的人、噪音、堵车等。

下面是回到步骤 B 选择另一个话题的示例：

步骤 B：挑一个话题，列出话题关联清单

“有什么事情与我的话题相关呢？”

话题：垃圾食品。

关联清单：芝士汉堡、色素、糖、碳酸饮料、能量饮料等。

步骤 C：创作一些笑点前提

“关于这些缩窄了范围的话题，我能为它们加上什么样的负面观点？”

1. 芝士汉堡很不健康。

2. 糖对身体有害。

3. 碳酸饮料有腐蚀性。

步骤 D：为每个笑点前提创作一个铺垫前提

“我选定的这个笑点前提，它的对立观点是什么？”

1. 芝士汉堡很健康。

2. 糖对身体无害。

3. 碳酸饮料有滋养作用。

步骤 E：选择一个铺垫前提，并写出一系列铺垫

“有什么例子或者说法能表达我的铺垫前提？”

铺垫前提：碳酸饮料有滋养作用。

铺垫：（铺垫前提的例子，简短表述）

“碳酸饮料可以提供一切身体所需。”

“碳酸饮料含有维生素和其他微量元素。”

"碳酸饮料可以提供能量。"

该你了！

1. 翻到第 49 页，复习笑话地图的术语。

2. 在第 50 页的步骤 A 中选择另一个话题。

3. 跳到第 59 页的步骤 B，在对应位置上写下这个新的话题，根据话题写出一个关联清单。

4. 完成第 59 页和第 60 页的剩余步骤。

5. 从步骤 E 中选择 3 个铺垫，并把它们分别写在第 61 ~ 63 页的笑话宝藏练习的步骤一里。完成笑话宝藏练习的剩余步骤，为 3 个铺垫都写出笑点。

笑话勘探器术语回顾

笑话地图

话题（topic）：常见但并不宽泛的单个主题。

关联清单（association list）：围绕话题的一系列相关细节。

笑点前提（punch-premise）：从关联清单中选取一个小范围，加上负面观点。

铺垫前提（setup-premise）：基于同一个具体话题但与笑点前提相对立的观点。

铺垫（setups）：对基于铺垫前提的例子的简短陈述。

笑话宝藏

以下某些定义已被扩展，包含了功能解释以及与笑话地图术语的关系。

铺垫：喜剧演员为了营造预期所做的事或所说的话；铺垫前提的具体例子。

故事 1：观众根据笑话的铺垫在脑海中想象出来的情形；作者创作前提的时候想象出来的情形。

假设：基于铺垫的故事 1 中所有被观众接受为事实的细节。

目标假设：基于铺垫的意在误导观众的对于连接点的预期解读；与笑点的再解读不同的错误预期。

连接点：位于一个笑话的中间，至少有两种解读的点。

再解读：笑点揭示出来的关于连接点的意料之外的解读。

故事 2：观众根据笑话的笑点在脑海中想象出来的情形；作者创作时为表达出笑点再解读而想象出来的情形。

笑话勘探器练习

笑话地图

步骤 A：列出一些话题

“有什么事情是我认为不对但又很有兴趣谈论的呢？”

____

____

步骤 B：挑一个话题，列出话题关联清单

“有什么事情与我的话题相关呢？”

话题：______________________________

关联清单：______________________________

____

步骤 C：创作一些笑点前提

“关于这些缩窄了范围的话题，我能为它们加上什么样的负面观点？”

1. ______________________________
2. ______________________________
3. ______________________________
4. ______________________________
5. ______________________________

步骤 D：为每个笑点前提创作一个铺垫前提

"我选定的这个笑点前提，它的对立观点是什么？"

1. ______________________________

2. ______________________________

3. ______________________________

4. ______________________________

5. ______________________________

步骤 E：选择一个铺垫前提，并写出一系列铺垫

"有什么例子或者说法能表达我的铺垫前提？"

铺垫前提：______________________________

铺垫：（铺垫前提的例子，简短表述）______________________________

____

____

该你了！

1. 从步骤 E 列出的铺垫中选择 3 个铺垫。
2. 将这 3 个铺垫分别填写在第 52 ~ 54 页的笑话宝藏练习的步骤一中。
3. 基于步骤一，完成其余步骤的练习。

笑话宝藏：笑话 1

步骤一：选择一个铺垫，列出各种假设

“对于这个陈述，我有什么样的假设？”

铺垫：

各种假设：

步骤二：选择一个目标假设，找出连接点

“什么使我产生了这个目标假设？”

目标假设：

连接点：

步骤三：列出几个对连接点的再解读

“除了目标假设以外，还有什么针对这个连接点的再解读？”

再解读：

步骤四：选择一个再解读，完成故事 2

“关于这个铺垫，有什么具体的情境可以解释我的再解读？”

铺垫：

再解读：

故事 2：

步骤五：写一个可以解释这个故事 2 的笑点

“在铺垫之余，还需要什么信息来讲清楚我的故事 2？”

铺垫：

笑点：

笑话宝藏：笑话 2

步骤一：选择一个铺垫，列出各种假设

"对于这个陈述，我有什么样的假设？"

铺垫：

各种假设：

步骤二：选择一个目标假设，找出连接点

"什么使我产生了这个目标假设？"

目标假设：

连接点：

步骤三：列出几个对连接点的再解读

"除了目标假设以外，还有什么针对这个连接点的再解读？"

再解读：

步骤四：选择一个再解读，完成故事 2

"关于这个铺垫，有什么具体的情境可以解释我的再解读？"

铺垫：

再解读：

故事 2：

步骤五：写一个可以解释这个故事 2 的笑点

"在铺垫之余，还需要什么信息来讲清楚我的故事 2？"

铺垫：

笑点：

笑话宝藏：笑话 3

步骤一：选择一个铺垫，列出各种假设

“对于这个陈述，我有什么样的假设？”

铺垫：

各种假设：

步骤二：选择一个目标假设，找出连接点

“什么使我产生了这个目标假设？”

目标假设：

连接点：

步骤三：列出几个对连接点的再解读

“除了目标假设以外，还有什么针对这个连接点的再解读？”

再解读：

步骤四：选择一个再解读，完成故事 2

“关于这个铺垫，有什么具体的情境可以解释我的再解读？”

铺垫：

再解读：

故事 2：

步骤五：写一个可以解释这个故事 2 的笑点

“在铺垫之余，还需要什么信息来讲清楚我的故事 2？”

铺垫：

笑点：

回到第 45 页，继续学习“回到步骤 E：选择另一个铺垫前提”的内容。

规划另一个方向练习

回到步骤 E：选择另一个铺垫前提

步骤 D：为每个笑点前提创作一个铺垫前提

“我选定的这个笑点前提，它的对立观点是什么？”

参考第 51 页你列出的铺垫前提清单，选一个写进下面的步骤 E，开始创作铺垫。

步骤 E：选择一个铺垫前提，并写出一系列铺垫

“有什么例子或者说法能表达我的铺垫前提？”

铺垫前提：________________________________

铺垫：（铺垫前提的例子，简短表述）

____

____

____

____

该你了！

1. 从步骤 E 中选择 3 个铺垫。
2. 将这 3 个铺垫分别填写在第 56 ~ 58 页的笑话宝藏练习的步骤一中。
3. 基于步骤一，完成其余步骤的练习。

笑话宝藏：笑话 1

步骤一：选择一个铺垫，列出各种假设

“对于这个陈述，我有什么样的假设？”

铺垫：

各种假设：

步骤二：选择一个目标假设，找出连接点

“什么使我产生了这个目标假设？”

目标假设：

连接点：

步骤三：列出几个对连接点的再解读

“除了目标假设以外，还有什么针对这个连接点的再解读？”

再解读：

步骤四：选择一个再解读，完成故事 2

“关于这个铺垫，有什么具体的情境可以解释我的再解读？”

铺垫：

再解读：

故事 2：

步骤五：写一个可以解释这个故事 2 的笑点

“在铺垫之余，还需要什么信息来讲清楚我的故事 2？”

铺垫：

笑点：

笑话宝藏：笑话 2

步骤一：选择一个铺垫，列出各种假设

“对于这个陈述，我有什么样的假设？”

铺垫：

各种假设：

步骤二：选择一个目标假设，找出连接点

“什么使我产生了这个目标假设？”

目标假设：

连接点：

步骤三：列出几个对连接点的再解读

“除了目标假设以外，还有什么针对这个连接点的再解读？”

再解读：

步骤四：选择一个再解读，然后完成故事 2

“关于这个铺垫，有什么具体的情境可以解释我的再解读？”

铺垫：

再解读：

故事 2：

步骤五：写一个可以解释这个故事 2 的笑点

“在铺垫之余，还需要什么信息来讲清楚我的故事 2？”

铺垫：

笑点：

笑话宝藏：笑话 3

步骤一：选择一个铺垫，列出各种假设

“对于这个陈述，我有什么样的假设？”

铺垫：

假设：

步骤二：选择一个目标假设，找出连接点

“什么使我产生了这个目标假设？”

目标假设：

连接点：

步骤三：列出几个对连接点的再解读

“除了目标假设以外，还有什么针对这个连接点的再解读？”

再解读：

步骤四：选择一个再解读，然后完成故事 2

“关于这个铺垫，有什么具体的情境可以解释我的再解读？”

铺垫：

再解读：

故事 2：

步骤五：写一个可以解释这个故事 2 的笑点

“在铺垫之余，还需要什么信息来讲清楚我的故事 2？”

铺垫：

笑点：

回到第 46 页，继续学习“回到步骤 B：选择另一个话题”的内容。

回到步骤 B：选择另一个话题

步骤 A：列出一些话题

"有什么事情是我认为不对但又很有兴趣谈论的呢？"

____

步骤 B：挑一个话题，列出话题关联清单

"有什么事情与我的话题相关呢？"

话题：______________________________

关联清单：______________________________

____

步骤 C：创作一些笑点前提

"关于这些缩窄了范围的话题，我能为它们加上什么样的负面观点？"

1. ______________________________
2. ______________________________
3. ______________________________
4. ______________________________
5. ______________________________

步骤 D：为每个笑点前提创作一个铺垫前提

"我选定的这个笑点前提，它的对立观点是什么？"

1. ______

2. ______

3. ______

4. ______

5. ______

步骤 E：选择一个铺垫前提，并写出一系列铺垫

"有什么例子或者说法能表达我的铺垫前提？"

铺垫前提：______

铺垫：（铺垫前提的例子，简短表述）______

______

______

该你了！

1. 从步骤 E 中选择 3 个铺垫。
2. 将这 3 个铺垫分别填写在第 61 ～ 63 页的笑话宝藏练习的步骤一中。
3. 基于步骤一，完成其余步骤的练习。

笑话宝藏：笑话 1

步骤一：选择一个铺垫，列出各种假设

“对于这个陈述，我有什么样的假设？”

铺垫：______

各种假设：______

步骤二：选择一个目标假设，找出连接点

“什么使我产生了这个目标假设？”

目标假设：______

连接点：______

步骤三：列出几个对连接点的再解读

“除了目标假设以外，还有什么针对这个连接点的再解读？”

再解读：______

______

步骤四：选择一个再解读，完成故事 2

“关于这个铺垫，有什么具体的情境可以解释我的再解读？”

铺垫：______

再解读：______

故事 2：______

______

步骤五：写一个可以解释这个故事 2 的笑点

“在铺垫之余，还需要什么信息来讲清楚我的故事 2？”

铺垫：______

笑点：______

笑话宝藏：笑话 2

步骤一：选择一个铺垫，列出各种假设

“对于这个陈述，我有什么样的假设？”

铺垫：________________________

各种假设：________________________

步骤二：选择一个目标假设，找出连接点

“什么使我产生了这个目标假设？”

目标假设：________________________

连接点：________________________

步骤三：列出几个对连接点的再解读

“除了目标假设以外，还有什么针对这个连接点的再解读？”

再解读：________________________

____

步骤四：选择一个再解读，完成故事 2

“关于这个铺垫，有什么具体的情境可以解释我的再解读？”

铺垫：________________________

再解读：________________________

故事 2：________________________

____

步骤五：写一个可以解释这个故事 2 的笑点

“在铺垫之余，还需要什么信息来讲清楚我的故事 2？”

铺垫：________________________

笑点：________________________

笑话宝藏：笑话 3

步骤一：选择一个铺垫，列出各种假设

“对于这个陈述，我有什么样的假设？”

铺垫：

各种假设：

步骤二：选择一个目标假设，找出连接点

“什么使我产生了这个目标假设？”

目标假设：

连接点：

步骤三：列出几个对连接点的再解读

“除了目标假设以外，还有什么针对这个连接点的再解读？”

再解读：

步骤四：选择一个再解读，完成故事 2

“关于这个铺垫，有什么具体的情境可以解释我的再解读？”

铺垫：

再解读：

故事 2：

步骤五：写一个可以解释这个故事 2 的笑点

“在铺垫之余，还需要什么信息来讲清楚我的故事 2？”

铺垫：

笑点：

哇噢！你已经完成了笑话勘探器练习的所有步骤。至此，你在笑话地图上就开辟了一条选话题、创作笑点前提、搭建铺垫前提并据之创作一系列铺垫的道路。在这里，你带着铺垫挖开了笑话宝藏，并运用目标假设、连接点和再解读的综合技巧为你的铺垫写出笑点。

如果你想要更进一步的挑战，就需要来看看简化版笑话勘探器的内容。这个练习可以让你迅速通过前面一系列复杂的步骤,直接到达写笑话的阶段。但要注意的是，简化版笑话勘探器只有在你完全理解了所有的术语，并掌握了笑话勘探器练习每个步骤的前提下才能发挥作用。

简化版笑话勘探器

简化版省略了列举话题的步骤，选择一个话题直接开始勘探。然后就是制作话题关联清单,但随之你只需搭建一个笑点前提和与之对应的铺垫前提，并据此创作一系列铺垫。下一步就是简化版特别的地方，它让你跳过写目标假设、连接点和再解读的过程，为每个铺垫直接写出笑点。

如果你可以凭直觉由铺垫写出笑点，就能很快掌握简化版的使用方法。但是如果你还需要更多的基础练习才能达到这个飞跃，那就多多利用笑话宝藏练习,在步骤一写下铺垫,然后像之前一样重复余下的步骤。多次练习后，你最终会自动形成这套“目标假设 – 再解读”的机制，为铺垫写出搞笑的笑点。下面是一个简化版笑话勘探器的示例。

话题：大学。

关联清单：考试、学科、哲学、主修、辅修、实验室、操场、学生活动中心、健身房、老师、戏剧社、排队、宿舍、糟糕约会、书籍等。

笑点前提：大学学科不实用。

铺垫前提：大学学科实用。

创作一些铺垫：能表达铺垫前提的例子。

随之创作笑点：目标假设、连接点、再解读——能表达笑点前提的例子。

铺垫：哲学打开了我的心智。

笑点：现在我疯了。

铺垫：去健身房效果十分显著，我变强了。

笑点：我是说体味。

铺垫：生物课上学到的知识我现在还在用。

笑点：用来做泡菜。

铺垫：古典音乐鉴赏课很有用。

笑点：用来补觉。

这样写出来的笑话都很搞笑吗？肯定不是。我只喜欢其中一两个。

请记住，创作笑话会有 90% 的淘汰率，也就是说你写出的 10 个笑话里有 9 个都在中下水平，而应对高淘汰率的办法就是多写。笑话勘探器的完整版和简化版的实用之处就在于，它们为你提供了一个迅速找到话题，并随之炮制出上百个铺垫和笑点的系统。一旦完全理解了这套系统的力量和灵活性，你就会变成优秀的笑话工匠。

该你了！

翻到第 66 页，按照简化版笑话勘探器的步骤来写笑话，在练习中尽情试验最适合你的节奏方法，直到找到一个为自己量身定制的笑话创作流程。

简化版笑话勘探器练习

话题：______

关联清单：______

______

______

笑点前提：______

______

铺垫前提：______

______

创作一些铺垫：能表达铺垫前提的例子。

随之创作笑点：目标假设、连接点、再解读——能表达笑点前提的例子。

铺垫：______

笑点：______

铺垫：______

笑点：______

铺垫：______

笑点：______

铺垫：______

笑点：______

* * *

恭喜！你已经完成了《如何从零开始写段子》的全部内容，学会了在任意话题下都能写出笑话的技巧。现在，你可以进行下面的学习了。

章内练习答案

笑话图解

第 11 页练习答案

铺垫："我敷了一个泥浆面膜，这三天来我的脸看起来好多了。"

故事 1：	三天下来，面膜让脱口秀演员的皮肤看起来更好了。
目标假设：	泥浆是面膜的一部分，会随之脱落。
连接点：	"脸看起来好多了"的原因。
再解读：	泥浆还在脸上。
故事 2：	三天来，这个演员脸上一直带着泥浆，但仍然比他本人更好看。

笑点："然后泥浆脱落了。"

铺垫：（女脱口秀演员）"我决定使用约会软件，于是刚刚出门买了女性安全用品。"

故事 1：	一个女人因为要使用约会软件而在意健康安全，于是买了安全套。
目标假设：	一些安全套。
连接点：	"女性安全"。
再解读：	一把枪。
故事 2：	一个女人因为要使用约会软件而在意自己的人身安全，于是买了枪。

笑点："我选的是 45 口径自动手枪。"

第 12 页练习答案

铺垫:“我在公园散步时见识了哮喘的威力。”

故事 1:	花粉或剧烈运动等原因让一个人在室外时哮喘症发作。
目标假设:	哮喘症发作。
连接点:	“哮喘的威力”。
再解读:	哮喘病人的群殴。
故事 2:	一个人在室外被一帮哮喘病人殴打。

笑点:“四个哮喘病人把我打趴下了。”

铺垫:“我老婆非常会持家。”

故事 1:	男人因为妻子勤劳持家而非常自豪。
目标假设:	妻子勤劳持家。
连接点:	“持家”。
再解读:	家由妻子做主。
故事 2:	男人因为妻子在离婚谈判时得到了房子而非常郁闷。

笑点:“我们离婚后,家就归她了。”

笑话图解强化练习

铺垫：

故事 1 ：

目标假设：
连接点：
再解读：
故事 2 ：

笑点：

铺垫：

故事 1 ：

目标假设：
连接点：
再解读：
故事 2 ：

笑点：

铺垫：

故事 1：

目标假设：

连接点：

再解读：

故事 2：

笑点：

铺垫：

故事 1：

目标假设：

连接点：

再解读：

故事 2：

笑点：

铺垫：

故事 1：

目标假设：
连接点：
再解读：
故事 2：

笑点：

铺垫：

故事 1：

目标假设：
连接点：
再解读：
故事 2：

笑点：

笑话勘探器强化练习

笑话地图

步骤 A：列出一些话题

“有什么事情是我认为不对但又很有兴趣谈论的呢？”

步骤 B：挑一个话题，列出话题关联清单

“有什么事情与我的话题相关呢？”

话题：

关联清单：

步骤 C：创作一些笑点前提

“关于这些缩窄了范围的话题，我能为它们加上什么样的负面观点？”

1.
2.
3.
4.
5.

步骤 D：为每个笑点前提创作一个铺垫前提

“我选定的这个笑点前提，它的对立观点是什么？”

1. ____________________

2. ____________________

3. ____________________

4. ____________________

5. ____________________

步骤 E：选择一个铺垫前提，并写出一系列铺垫

“有什么例子或者说法能表达我的铺垫前提？”

铺垫前提：____________________

铺垫：（铺垫前提的例子，简短表述）____________________

____

____

笑话宝藏：笑话 1

步骤一：选择一个铺垫，列出各种假设

“对于这个陈述，我有什么样的假设？”

铺垫：______

各种假设：______

步骤二：选择一个目标假设，找出连接点

“什么使我产生了这个目标假设？”

目标假设：______

连接点：______

步骤三：列出几个对连接点的再解读

“除了目标假设以外，还有什么针对这个连接点的再解读？”

再解读：______

______

步骤四：选择一个再解读，完成故事 2

“关于这个铺垫，有什么具体的情境可以解释我的再解读？”

铺垫：______

再解读：______

故事 2：______

______

步骤五：写一个可以解释这个故事 2 的笑点

“在铺垫之余，还需要什么信息来讲清楚我的故事 2？”

铺垫：______

笑点：______

笑话宝藏：笑话 2

步骤一：选择一个铺垫，列出各种假设

“对于这个陈述，我有什么样的假设？”

铺垫：

各种假设：

步骤二：选择一个目标假设，找出连接点

“什么使我产生了这个目标假设？”

目标假设：

连接点：

步骤三：列出几个对连接点的再解读

“除了目标假设以外，还有什么针对这个连接点的再解读？”

再解读：

步骤四：选择一个再解读，完成故事 2

“关于这个铺垫，有什么具体的情境可以解释我的再解读？”

铺垫：

再解读：

故事 2：

步骤五：写一个可以解释这个故事 2 的笑点

“在铺垫之余，还需要什么信息来讲清楚我的故事 2？”

铺垫：

笑点：

笑话宝藏：笑话 3

步骤一：选择一个铺垫，列出各种假设

“对于这个陈述，我有什么样的假设？”

铺垫：

各种假设：

步骤二：选择一个目标假设，找出连接点

“什么使我产生了这个目标假设？”

目标假设：

连接点：

步骤三：列出几个对连接点的再解读

“除了目标假设以外，还有什么针对这个连接点的再解读？”

再解读：

步骤四：选择一个再解读，完成故事 2

“关于这个铺垫，有什么具体的情境可以解释我的再解读？”

铺垫：

再解读：

故事 2：

步骤五：写一个可以解释这个故事 2 的笑点

“在铺垫之余，还需要什么信息来讲清楚我的故事 2？”

铺垫：

笑点：

笑话地图

步骤 A：列出一些话题

“有什么事情是我认为不对但又很有兴趣谈论的呢？”

____

____

步骤 B：挑一个话题，列出话题关联清单

“有什么事情与我的话题相关呢？”

话题：______________________________

关联清单：______________________________

____

步骤 C：创作一些笑点前提

“关于这些缩窄了范围的话题，我能为它们加上什么样的负面观点？”

1. ______________________________
2. ______________________________
3. ______________________________
4. ______________________________
5. ______________________________

步骤 D：为每个笑点前提创作一个铺垫前提

“我选定的这个笑点前提，它的对立观点是什么？”

1. ______

2. ______

3. ______

4. ______

5. ______

步骤 E：选择一个铺垫前提，并写出一系列铺垫

“有什么例子或者说法能表达我的铺垫前提？”

铺垫前提：______

铺垫：（铺垫前提的例子，简短表述）______

______

______

笑话宝藏：笑话 1

步骤一：选择一个铺垫，列出各种假设

“对于这个陈述，我有什么样的假设？”

铺垫：

各种假设：

步骤二：选择一个目标假设，找出连接点

“什么使我产生了这个目标假设？”

目标假设：

连接点：

步骤三：列出几个对连接点的再解读

“除了目标假设以外，还有什么针对这个连接点的再解读？”

再解读：

步骤四：选择一个再解读，完成故事 2

“关于这个铺垫，有什么具体的情境可以解释我的再解读？”

铺垫：

再解读：

故事 2：

步骤五：写一个可以解释这个故事 2 的笑点

“在铺垫之余，还需要什么信息来讲清楚我的故事 2？”

铺垫：

笑点：

笑话宝藏：笑话 2

步骤一：选择一个铺垫，列出各种假设

“对于这个陈述，我有什么样的假设？”

铺垫：

各种假设：

步骤二：选择一个目标假设，找出连接点

“什么使我产生了这个目标假设？”

目标假设：

连接点：

步骤三：列出几个对连接点的再解读

“除了目标假设以外，还有什么针对这个连接点的再解读？”

再解读：

步骤四：选择一个再解读，完成故事 2

“关于这个铺垫，有什么具体的情境可以解释我的再解读？”

铺垫：

再解读：

故事 2：

步骤五：写一个可以解释这个故事 2 的笑点

“在铺垫之余，还需要什么信息来讲清楚我的故事 2？”

铺垫：

笑点：

笑话宝藏：笑话 3

步骤一：选择一个铺垫，列出各种假设

“对于这个陈述，我有什么样的假设？”

铺垫：________

各种假设：________

步骤二：选择一个目标假设，找出连接点

“什么使我产生了这个目标假设？”

目标假设：________

连接点：________

步骤三：列出几个对连接点的再解读

“除了目标假设以外，还有什么针对这个连接点的再解读？”

再解读：________

____

步骤四：选择一个再解读，完成故事 2

“关于这个铺垫，有什么具体的情境可以解释我的再解读？”

铺垫：________

再解读：________

故事 2：________

____

步骤五：写一个可以解释这个故事 2 的笑点

“在铺垫之余，还需要什么信息来讲清楚我的故事 2？”

铺垫：________

笑点：________

笑话地图

步骤 A：列出一些话题

“有什么事情是我认为不对但又很有兴趣谈论的呢？”

____

____

步骤 B：挑一个话题，列出话题关联清单

“有什么事情与我的话题相关呢？”

话题：____________________

关联清单：____________________

____

步骤 C：创作一些笑点前提

“关于这些缩窄了范围的话题，我能为它们加上什么样的负面观点？”

1. ____________________
2. ____________________
3. ____________________
4. ____________________
5. ____________________

步骤 D：为每个笑点前提创作一个铺垫前提

“我选定的这个笑点前提，它的对立观点是什么？”

1. ______

2. ______

3. ______

4. ______

5. ______

步骤 E：选择一个铺垫前提，并写出一系列铺垫

“有什么例子或者说法能表达我的铺垫前提？”

铺垫前提：______

铺垫：（铺垫前提的例子，简短表述）______

______

______

笑话宝藏：笑话 1

步骤一：选择一个铺垫，列出各种假设

“对于这个陈述，我有什么样的假设？”

铺垫：

各种假设：

步骤二：选择一个目标假设，找出连接点

“什么使我产生了这个目标假设？”

目标假设：

连接点：

步骤三：列出几个对连接点的再解读

“除了目标假设以外，还有什么针对这个连接点的再解读？”

再解读：

步骤四：选择一个再解读，完成故事 2

“关于这个铺垫，有什么具体的情境可以解释我的再解读？”

铺垫：

再解读：

故事 2：

步骤五：写一个可以解释这个故事 2 的笑点

“在铺垫之余，还需要什么信息来讲清楚我的故事 2？”

铺垫：

笑点：

笑话宝藏：笑话 2

步骤一：选择一个铺垫，列出各种假设

“对于这个陈述，我有什么样的假设？”

铺垫：________________

各种假设：________________

步骤二：选择一个目标假设，找出连接点

“什么使我产生了这个目标假设？”

目标假设：________________

连接点：________________

步骤三：列出几个对连接点的再解读

“除了目标假设以外，还有什么针对这个连接点的再解读？”

再解读：________________

____

步骤四：选择一个再解读，完成故事 2

“关于这个铺垫，有什么具体的情境可以解释我的再解读？”

铺垫：________________

再解读：________________

故事 2：________________

____

步骤五：写一个可以解释这个故事 2 的笑点

“在铺垫之余，还需要什么信息来讲清楚我的故事 2？”

铺垫：________________

笑点：________________

笑话宝藏：笑话 3

步骤一：选择一个铺垫，列出各种假设

“对于这个陈述，我有什么样的假设？”

铺垫：________

各种假设：________

步骤二：选择一个目标假设，找出连接点

“什么使我产生了这个目标假设的？”

目标假设：________

连接点：________

步骤三：列出几个对连接点的再解读

“除了目标假设以外，还有什么针对这个连接点的再解读？”

再解读：________

____

步骤四：选择一个再解读，完成故事 2

“关于这个铺垫，有什么具体的情境可以解释我的再解读？”

铺垫：________

再解读：________

故事 2：________

____

步骤五：写一个可以解释这个故事 2 的笑点

“在铺垫之余，还需要什么信息来讲清楚我的故事 2？”

铺垫：________

笑点：________

简化版笑话勘探器强化练习

练习 1

话题：

关联清单：

笑点前提：

铺垫前提：

创作一些铺垫：能表达铺垫前提的例子。

随之创作笑点：目标假设、连接点、再解读——能表达笑点前提的例子。

铺垫：

笑点：

铺垫：

笑点：

铺垫：

笑点：

铺垫：

笑点：

练习 2

话题：

关联清单：

笑点前提：

铺垫前提：

创作一些铺垫：能表达铺垫前提的例子。

随之创作笑点：目标假设、连接点、再解读——能表达笑点前提的例子。

铺垫：

笑点：

铺垫：

笑点：

铺垫：

笑点：

铺垫：

笑点：

练习 3

话题：

关联清单：

笑点前提：

铺垫前提：

创作一些铺垫：能表达铺垫前提的例子。

随之创作笑点：目标假设、连接点、再解读——能表达笑点前提的例子。

铺垫：

笑点：

铺垫：

笑点：

铺垫：

笑点：

铺垫：

笑点：

从铺垫写到笑点强化练习

练习 1

步骤一：选择一个铺垫，列出各种假设

“对于这个陈述，我有什么样的假设？”

铺垫：

假设：

步骤二：选择一个目标假设，找出连接点

“什么使我产生了这个目标假设？”

目标假设：

连接点：

步骤三：列出几个对连接点的再解读

“除了目标假设以外，还有什么针对这个连接点的再解读？”

再解读：

步骤四：选择一个再解读，完成故事 2

“关于这个铺垫，有什么具体的情境可以解释我的再解读？”

铺垫：

再解读：

故事 2：

步骤五：写一个可以解释这个故事 2 的笑点

“在铺垫之余，还需要什么信息来讲清楚我的故事 2？”

铺垫：

笑点：

练习 2

步骤一：选择一个铺垫，列出各种假设

“对于这个陈述，我有什么样的假设？”

铺垫：__________

各种假设：__________

步骤二：选择一个目标假设，找出连接点

“什么使我产生了这个目标假设？”

目标假设：__________

连接点：__________

步骤三：列出几个对连接点的再解读

“除了目标假设以外，还有什么针对这个连接点的再解读？”

再解读：__________

____

步骤四：选择一个再解读，完成故事 2

“关于这个铺垫，有什么具体的情境可以解释我的再解读？”

铺垫：__________

再解读：__________

故事 2：__________

____

步骤五：写一个可以解释这个故事 2 的笑点

“在铺垫之余，还需要什么信息来讲清楚我的故事 2？”

铺垫：__________

笑点：__________

练习 3

步骤一：选择一个铺垫，列出各种假设

“对于这个陈述，我有什么样的假设？”

铺垫：________________

各种假设：________________

步骤二：选择一个目标假设，找出连接点

“什么使我产生了这个目标假设？”

目标假设：________________

连接点：________________

步骤三：列出几个对连接点的再解读

“除了目标假设以外，还有什么针对这个连接点的再解读？”

再解读：________________

____

步骤四：选择一个再解读，完成故事 2

“关于这个铺垫，有什么具体的情境可以解释我的再解读？”

铺垫：________________

再解读：________________

故事 2：________________

____

步骤五：写一个可以解释这个故事 2 的笑点

“在铺垫之余，还需要什么信息来讲清楚我的故事 2？”

铺垫：________________

笑点：________________

练习 4

步骤一：选择一个铺垫，列出各种假设

“对于这个陈述，我有什么样的假设？”

铺垫：

各种假设：

步骤二：选择一个目标假设，找出连接点

“什么使我产生了这个目标假设？”

目标假设：

连接点：

步骤三：列出几个对连接点的再解读

“除了目标假设以外，还有什么针对这个连接点的再解读？”

再解读：

步骤四：选择一个再解读，完成故事 2

“关于这个铺垫，有什么具体的情境可以解释我的再解读？”

铺垫：

再解读：

故事 2：

步骤五：写一个可以解释这个故事 2 的笑点

“在铺垫之余，还需要什么信息来讲清楚我的故事 2？”

铺垫：

笑点：

练习 5

步骤一：选择一个铺垫，列出各种假设

“对于这个陈述，我有什么样的假设？”

铺垫：

各种假设：

步骤二：选择一个目标假设，找出连接点

“什么使我产生了这个目标假设？”

目标假设：

连接点：

步骤三：列出几个对连接点的再解读

“除了目标假设以外，还有什么针对这个连接点的再解读？”

再解读：

步骤四：选择一个再解读，完成故事 2

“关于这个铺垫，有什么具体的情境可以解释我的再解读？”

铺垫：

再解读：

故事 2：

步骤五：写一个可以解释这个故事 2 的笑点

“在铺垫之余，还需要什么信息来讲清楚我的故事 2？”

铺垫：

笑点：

未来，属于终身学习者

我这辈子遇到的聪明人（来自各行各业的聪明人）没有不每天阅读的——没有，一个都没有。巴菲特读书之多，我读书之多，可能会让你感到吃惊。孩子们都笑话我。他们觉得我是一本长了两条腿的书。

——查理·芒格

互联网改变了信息连接的方式；指数型技术在迅速颠覆着现有的商业世界；人工智能已经开始抢占人类的工作岗位……

未来，到底需要什么样的人才？

改变命运唯一的策略是你要变成终身学习者。未来世界将不再需要单一的技能型人才，而是需要具备完善的知识结构、极强逻辑思考力和高感知力的复合型人才。优秀的人往往通过阅读建立足够强大的抽象思维能力，获得异于众人的思考和整合能力。未来，将属于终身学习者！而阅读必定和终身学习形影不离。

很多人读书，追求的是干货，寻求的是立刻行之有效的解决方案。其实这是一种留在舒适区的阅读方法。在这个充满不确定性的年代，答案不会简单地出现在书里，因为生活根本就没有标准确切的答案，你也不能期望过去的经验能解决未来的问题。

而真正的阅读，应该在书中与智者同行思考，借他们的视角看到世界的多元性，提出比答案更重要的好问题，在不确定的时代中领先起跑。

湛庐阅读 App：与最聪明的人共同进化

有人常常把成本支出的焦点放在书价上，把读完一本书当作阅读的终结。其实不然。

时间是读者付出的最大阅读成本

怎么读是读者面临的最大阅读障碍

“读书破万卷”不仅仅在“万”，更重要的是在“破”！

现在，我们构建了全新的“湛庐阅读”App。它将成为你“破万卷”的新居所。在这里：

- 不用考虑读什么，你可以便捷找到纸书、电子书、有声书和各种声音产品；
- 你可以学会怎么读，你将发现集泛读、通读、精读于一体的阅读解决方案；
- 你会与作者、译者、专家、推荐人和阅读教练相遇，他们是优质思想的发源地；
- 你会与优秀的读者和终身学习者为伍，他们对阅读和学习有着持久的热情和源源不绝的内驱力。

下载湛庐阅读 App，
坚持亲自阅读，
有声书、电子书、阅读服务，
一站获得。

倡导亲自阅读

不逐高效，提倡大家亲自阅读，通过独立思考领悟一本书的妙趣，把思想变为己有。

阅读体验一站满足

不只是提供纸质书、电子书、有声书，更为读者打造了满足泛读、通读、精读需求的全方位阅读服务产品——讲书、课程、精读班等。

以阅读之名汇聪明人之力

第一类是作者，他们是思想的发源地；第二类是译者、专家、推荐人和教练，他们是思想的代言人和诠释者；第三类是读者和学习者，他们对阅读和学习有着持久的热情和源源不绝的内驱力。

CHEERS

以一本书为核心

遇见书里书外，更大的世界

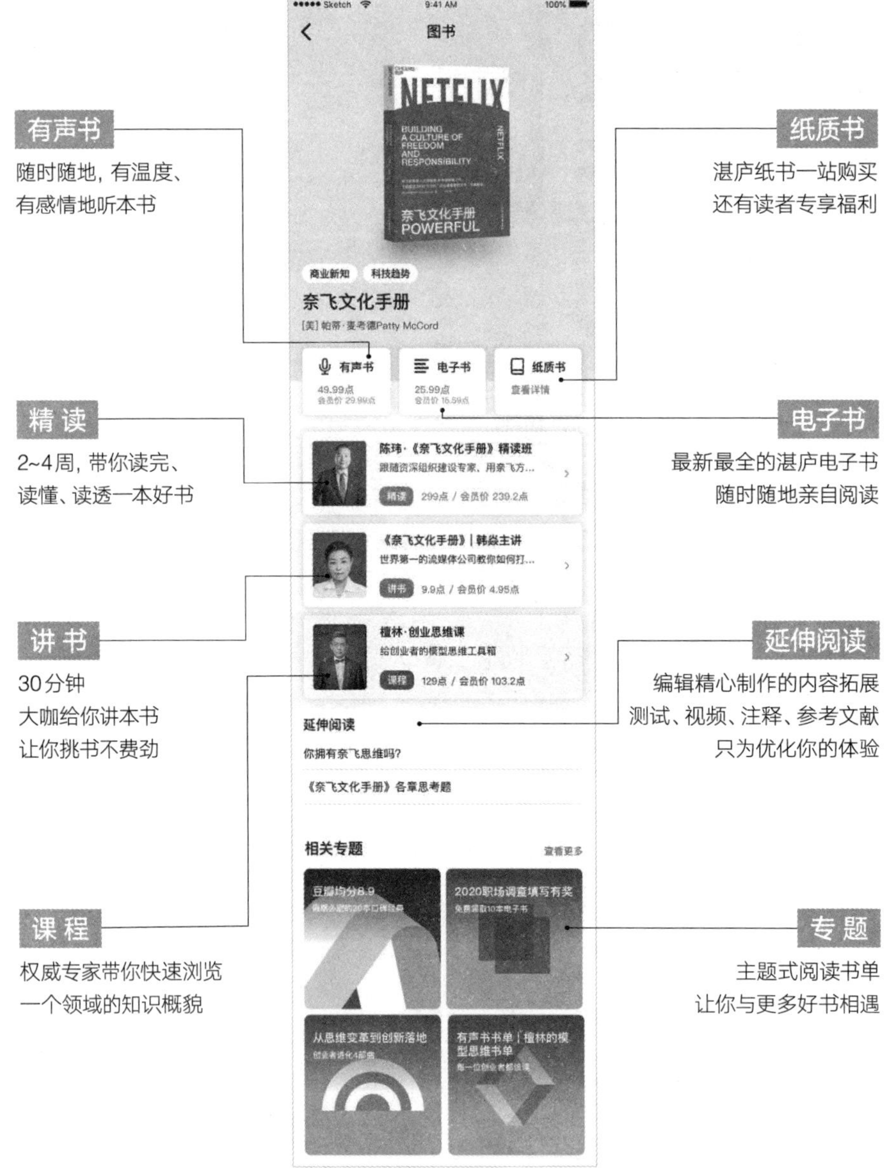

Step By Step to Stand-up Comedy – Workbook Series

Workbook 1: How to Write Jokes

图书在版编目（CIP）数据

如何从零开始写段子 /（美）格雷格·迪安著；笑果研究所译．—杭州：浙江人民出版社，2020.1（2022.7重印）
（手把手教你玩脱口秀实战系列）
书名原文：Step By Step to Stand-up Comedy–Workbook Series Workbook 1: How to Write Jokes
ISBN 978–7–213–09349–4

Ⅰ．①如…　Ⅱ．①格… ②笑…　Ⅲ．①笑话 – 创作方法　Ⅳ．① I057

中国版本图书馆 CIP 数据核字（2019）第 283910 号

上架指导：畅销书 / 职场

如何从零开始写段子

［美］格雷格·迪安　著
笑果研究所　译　呼兰　程璐　审校

出版发行：浙江人民出版社（杭州体育场路 347 号　邮编　310006）
市场部电话：（0571）85061682　85176516
集团网址：浙江出版联合集团　http://www.zjcb.com
责任编辑：蔡玲平
责任校对：陈　春
印　　刷：石家庄继文印刷有限公司
开　　本：710mm × 965mm 1/16　　印　　张：7.25
字　　数：100 千字
版　　次：2020 年 1 月第 1 版　　印　　次：2022 年 7 月第 4 次印刷
书　　号：ISBN 978–7–213–09349–4
定　　价：39.90 元

如发现印装质量问题，影响阅读，请与市场部联系调换。